GARFIELD
Hambre de Diversión

GARFIELD
Hambre de Diversión

POR JIM DAVIS

Andrews McMeel Publishing®

Kansas City • Sydney • London

GARFIELD...

YO TE AMO

YO TAMBIÉN TE AMO
PAT PAT PAT

¿PERO TÚ ME RESPETAS?

YO TAMBIÉN TE AMO
PAT PAT PAT
JIM DAVIS 1·2

HORA DE UNA LINDA SIESTA...
¡EL CAMIÓN DE LOS HELADOS VIENE POR LA CALLE!

PARECE QUE AQUÍ TENEMOS UN VERDADERO DILEMA...

ERES LA CRIATURA MÁS HARAGANA DE LA TIERRA

¡SÍ!

LO CELEBRARÍA, PERO ESO ME COSTARÍA MI RÉCORD

IMAGINA CÓMO SERÍA TU VIDA SI TUVIERAS ALAS
©2005 PAWS, INC. All Rights Reserved.

FEA...

TENDRÍA QUE DORMIR SOBRE EL ESTÓMAGO
JPM DAVIS 1-8

LOS RATONES PIDEN POCO
©2005 PAWS, INC. All Rights Reserved.

CON UN PEDAZO DE QUESO SON FELICES
EN ESO TIENES RAZÓN

LOS GATOS NO SOMOS ASI

NECESITAMOS MÁS DE LA VIDA
¿MÁS?

COMO SIESTAS
¡PERO ESO ES POCO!

PARA LOS GA-TOS, MENOS ES MÁS

Z

¿EH? ¿QUÉ SUCEDIÓ?

DESPER-TASTE
OH, DE MODO QUE ASÍ ES
JIM DAVIS 1-10

ALGUIEN ARAÑÓ EL SOFÁ

¡YO TENGO GARRAS!

¡OOH! ¡OOH! ¡CÚLPAME! ¡CÚLPAME!
JIM DAVIS 1-11

NO PUEDO ADIVINAR ESTE ACERTIJO
©2005 PAWS, INC. All Rights Reserved.

¡Y PUSIERON LA SOLUCIÓN AL REVÉS!

¡GRANDIOSO! ¡LA SOLUCIÓN ESTÁ AL DERECHO, PERO AHORA EL ACERTIJO ESTÁ AL REVÉS!
ES HORA DE IRME
JIM DAVIS 1-12

LOS PERROS PONEN DEMASIADO ESFUERZO EN NO HACER NADA
JIM DAVIS 1-13

PENSÉ QUE ÍBAMOS A DIVER-
TIRNOS HOY
MMMM...
©2005 PAWS, INC. All Rights Reserved.

¿RECUERDAS ESA
SIESTA LARGA?

QUIZÁS FUE
ENTONCES
JPM DAVPS 1-15

UNNNGGGHHH
©2005 PAWS, INC. All Rights Reserved.

ERRRRRGGGHHHH

¡VAMOS!-AAARRRRGGGHH

¡POP!

¡JA! ¡SALIÓ!

♪LALALALALALALA♪
"DANZA DE LA VICTORIA POR LA TAPA DEL FRASCO DE ENCURTIDOS"

¡DESPIERTA, JON!

¡TENGO NOTICIAS!
JPM DAVIS 1-17

CLIC
¡ESTOY MUDANDO EL PELO!

DETRÁS TUYO HAY UNA ENORME CANTIDAD DE PELO DE GATO

JIM DAVIS 1-18

¡DEJEN DE SEGUIRME!

JIM DAVIS 1-19
¿PODEMOS HABLAR?

CREO QUE ESTE PELO DE GATO ES TUYO
©2005 PAWS, INC. All Rights Reserved.

YA NO MÁS

ES COMO SIEMPRE DICE JON, NUNCA PUEDES TENER BASTANTE PELO DE GATO EN LA CASA

JIM DAVIS 1·20
©2005 PAWS, INC. All Rights Reserved.

BUENO, NO SIEMPRE DICE ESO

JIM DAVIS 1-21

©2005 PAWS, INC. All Rights Reserved.

¡GARFIELD!
¡COMO SI PUDIERA DEJAR DE PERDER PELO A VOLUNTARIAMENTE!

IRÉ A RASTRILLAR LA SALA DE ESTAR

¡TAMBIÉN PERDÍ PELO EN LA COCINA!
JIM DAVIS 1-22

ERES UN BUEN AMIGO, ODIE

¿Y SABES POR QUÉ?

PORQUE AÚN DESPUÉS DE TODO LO QUE TE HE HECHO EN ESTOS AÑOS...

TÚ PONES LA OTRA MEJILLA Y LO TOMAS CON CALMA

DAME PATADAS
JIM DAVIS 1-23

ME ABURRO

¡AY!

¡TÚ ME PATEASTE!
¡Y AHORA NO ESTÁS ABURRIDO!
JIM DAVIS 1-24

¿GARFIELD?
¿SÍ?
©2005 PAWS, INC. All Rights Reserved.

PEGASTE MI CODO A LA MESA OTRA VEZ, ¿VERDAD?
SÍ

¡Y TAMBIÉN MI TAZA!
AHORA, TRATA DE QUITARTE LA MANO DE LA CARA
JIM DAVIS 1-26

HABLEMOS DE COINCIDENCIAS
©2005 PAWS, INC. All Rights Reserved.

¿NO ES UNA COINCIDENCIA QUE UN CANARIO QUEPA JUSTO EN UN PAN PARA SALCHI-CHAS?

CREO QUE NO
¡VEN AQUÍ!
JIM DAVIS 1-31

APRIETA
APRIETA
APRIETA
©2005 PAWS, INC. All Rights Reserved.

EMPUJA
EMPUJA

EMPUJA
EMPUJA
EMPUJA

EMPUJA
EMPUJA
EMPUJA

EMPUJA
EMPUJA
EMPUJA
EMPUJA
JIM DAVIS 2-6

EH...
¡TRAE LOS VASOS DE PAPEL Y EL SIROPE DE FRESA!

¡TRÁEME COMIDA!
©2005 PAWS, INC. All Rights Reserved.

TE COMISTE TODA LA COMIDA

¡DAME UNA MENTA!
JIM DAVIS 2-7

ODIE SIGUE EN LA PISTA DE ALGO
SNIF SNIF SNIF
©2005 PAWS, INC. All Rights Reserved.

TUD

LA PARED
JIM DAVIS 2-8

¿HOLA, LUIGI? QUIERO PEDIR UNA PIZZA PEQUE...

GGG GRANDE

PARA TRAER
PELO DE LA PIERNA
JIM DAVIS 2-9

JIM DAVIS 2-12 ©2005 PAWS, INC. All Rights Reserved.
LLUEVE

¡DEJA DE GOLPEARTE LA CABEZA CONTRA LA PARED!
¡TUMP! ¡TUMP! ¡TUMP!

TAPPITI
TAPPITI
TAPPITI
TAPPITI

TAPPITI
TAPPITI
TAPPITI
TAPPITI

TAPPITI
TAPPITI
TAPPITI
TAPPITI
TAPPITI
TAPPITI
TAPPITI
TAPPITI
TAPPITI
TAPPITI
TAPPITI
TAPPITI
TAPPITI
TAPPITI
TAPPITI
TAPPITI

TAPPITI
TA-PIT-TAP
TAP...
TA-P...
TA...
T...

VAMOS, GENTE... ¿DÓNDE ESTÁ EL AMOR?

KONK
Dulces
JIM DAVIS 2·13

ESPERO QUE NO TE MOLESTE QUE LO DIGA...

PERO PIENSO QUE ERES GUAPO

ME PILLÓ
¿AHORA QUÉ?
JIM DAVIS 2-14

¡NADIE ES MÁS LINDO QUE YO!

OH, UNA VEZ HABÍA ALGUIEN

PERO YO ME OCUPÉ DE ESO
JIM DAVIS 2-16

ESTÁS MUY IMPRESIONADO CONTIGO MISMO, ¿VERDAD?

©2005 PAWS, INC. All Rights Reserved.

SÍ, LO ESTAMOS
JIM DAVIS 2-18

¡TE ESTOY MIRANDO!

¿QUIÉN PUEDE CULPARTE?
JIM DAVIS 2-19

©2005 PAWS, INC. All Rights Reserved.

SAL DE MI CAMINO, BOBO

¡DIJE HAZTE A UN LADO!

BIEN, ME QUEDARÉ AQUÍ HASTA QUE TE MUEVAS

¡GARFIELD! ¡TANTOS DÍAS! ¿DÓNDE HAS ESTADO?
ESPERÉ A QUE SE DERRITIERA UN TIPO
JIM DAVIS 2-20

JPM DAVPS 2-22

¡BIEN, CHICOS, LA COSTA ESTÁ LIBRE!

COPO EXPLORADOR

ADORO EL INVIERNO
FLUMP
©2005 PAWS, INC. All Rights Reserved.

UN POQUITO ASÍ

¡MIRA, JON! ¡CONSTRUÍ UN GATO DE NIEVE!
©2005 PAWS, INC. All Rights Reserved.
¿QUÉ ES ESO?
¡VAYA, QUÉ TE PARECE!

CREO QUE ESCUPIÓ UNA BOLA DE NIEVE
JIM DAVIS 2-24

HOY EL PRONÓSTICO ANUNCIA UNA FUERTE VENTISCA

©2005 PAWS, INC. All Rights Reserved.

GRANDIOSO. AHORA ESTARÉ ATRAPADO AQUÍ HASTA QUE EL QUITANIEVE LLEGUE
JIM DAVIS 2·25

ALGÚN DÍA HARÁ CALOR
JIM DAVIS 2·26

Y TE CONVERTIRÁS EN UN CHARCO DE AGUA
©2005 PAWS, INC. All Rights Reserved.

SIN EMBARGO, ME VENDRÍA BIEN UN SUÉTER AHORA

CHOCALA ÉSTA
©2005 PAWS, INC. All Rights Reserved.

SLAP

¡OIOIOING!

JIM DAVIS 2·27

¡OOH! ¡TÚ DEBES SER EL GATO CON EL PERIÓDICO ENROLLADO!

SMAC

YO PENSÉ QUE ERA UNA DE ESAS LEYENDAS URBANAS
JIM DAVIS 2-28

JIM DAVIS 3-1

Z
HAMACA

©2005 PAWS, INC. All Rights Reserved.

ODIO LA HUMEDAD
NO ME DIGAS
JIM DAVIS 3-2

¿ESO ES UNA CADENA?
¡AUMENTÉ UN POCO DE PESO! ¿BIEN?
JIM DAVIS 3-3

TÚ PIENSAS QUE SOY MUY ESTÚPIDO, ¿VERDAD?
©2005 PAWS, INC. All Rights Reserved.

JPM DAVPS 3-7

¿POR QUÉ ME MIRAS ASÍ?
ES MI MIRADA DE ASENTIMIENTO

¡DEBO BAILAR!
©2005 PAWS, INC. All Rights Reserved.

AAAHHH
CRASH

SUPONGO QUE SUENA MEJOR QUE "DEBO CAERME"
JIM DAVIS 3-8

MUCHA HUMEDAD

TAP
TAP
TAP
TAP

¡¡¡AAAHHH!!!
¡YA NO SOPORTO EL ABURRIMIENTO!

¡PARECE QUE LA GUSTÁS!
JIM DAVIS 3-10

©2005 PAWS, INC. All Rights Reserved.

TU ALIENTO HUELE
A ATÚN

OH, SÍ
GLUP
JIM DAVIS 3-12

LOS CARACOLES SON LENTOS
NO

DIGAS

ESO
JIM DAVIS 3·14

¿ALGUNA VEZ DEJAN SUS CAPARAZONES?
SÓLO POR DOS RAZONES...
©2005 PAWS, INC. All Rights Reserved.

¿Y CUÁLES SON?

PRÁCTICAS DE INCENDIO Y NADAR DESNUDO
JIM DAVIS 3-15

CREO QUE ESTACIONARÉ AQUÍ ESTA NOCHE
JIM DAVIS 3.16

¿POR FAVOR, PODRÍAS CONECTARME?
CON GUSTO
©2005 PAWS, INC. All Rights Reserved.

AIRE ACONDICIONADO

HA SIDO LINDO CONOCERNOS, SR. CARACOL, PERO DEBO IRME
YO IGUAL

ERES MÁS RÁPIDO DE LO QUE PARECES
IGUAL QUE TÚ
JIM DAVIS 3-17

LOS CARACOLES LO PASAN BIEN

SE RETIRAN A SU CASA, SE CIERRAN AL MUNDO Y DUERMEN
©2005 PAWS, INC. All Rights Reserved.

ME GUSTARÍA TENER LA MISMA SUERTE
JIM DAVIS 3-18

!

¡SIESTA A ESTRIBOR!
JIM DAVIS 3.19

¡OH, NO!
©2005 PAWS, INC. All Rights Reserved.

¡MI TÍTERE SE HA CONVERTIDO EN UN ZOMBI SEDIENTO DE SANGRE!

¡ATACA A UNA VÍCTIMA INSOSPECHADA!

¿QUÉ ESTÁS HACIENDO, GARFIELD?
¡Y CHUPA SU FUERZA VITAL A TRAVÉS DE SU CRÁNEO!

SUSPIRO
¡ESTO ES TAN HORRIBLE, NO PUEDO MIRAR!
JIM DAVIS 3-20

VOY A TIRAR ESTA COSA EN LA LAVADORA
¡ES MALVADA! ¡USA LEJÍA!

¡EH! ¡¿A DÓNDE FUE MI ALMUERZO?!
GARFIELD

BURP
GARFIELD

JIM DAVIS 3-21
OH, SÍ
GARFIELD

EL ALMUERZO NO SE LLEVA BIEN CON EL DESAYUNO

LUCHAN POR EL CONTROL

BURP
¡GANÓ EL ALMUERZO!
JIM DAVIS 3.22

TERMINÉ DE MORDER LOS MUEBLES. AHORA VOY A COMER ALGO DE QUESO Y LUEGO A MASTICAR MEDIAS

GARFIELD...
ESTOY EN ESO, JON

¡NO TE AGOTES ASÍ!
JIM DAVIS 3-23

GUAU
¿QUÉ?
JPM DAVPS 3-24

GUAU
¿QUÉ?

¡GUAU!
NO ES NECESARIO GRITAR

SIEMPRE ME SORPRENDE CÓMO PUEDEN LOS GATOS MIRAR AL ESPACIO POR HORAS Y HORAS
JPM DAVIS 3-26

Z

¡UNA ROSCA SOLA!

JIM DAVIS 3-27

¿NO VAS A COMERTE ESO?
AÚN NO

ESPERO QUE VUELVA EL RESTO DEL REBAÑO

¡YA NADA TIENE SENTIDO!

¡MI MUNDO GIRA FUERA DE CONTROL!

TOMA
¡LA SALVACIÓN!
FIELD
JIM DAVIS 3-28

ESTO ES DESAYUNO, ALMUERZO Y CENA...

¡OH... Y UN PAR DE BOCADOS!
©2005 PAWS, INC. All Rights Reserved.

¡AHORA SÓLO TENGO QUE MASTICAR!
ERES ASQUEROSO
JIM DAVIS 3-29

EL GRAN CAZADOR ACECHA SU PRESA
JIM DAVIS 3-30

RODEA Y SE ACERCA CONTRA EL VIENTO...
©2005 PAWS, INC. All Rights Reserved.

ELIGE EL TACO MÁS DÉBIL

TÚ NO PUEDES TENER SIEMPRE LO QUE QUIERES

YO PUEDO, PERO TÚ NO

¡AQUÍ ESTÁ!
JPM DAVPS 4·1
©2005 PAWS, INC. All Rights Reserved.

BURP

DE ALGÚN MODO TE COMISTE LA PIZZA ANTES QUE LLEGARA
TENGO AMIGOS MUY PODEROSOS EN EL NEGOCIO DE LAS ENTREGAS

¡PARA
EL GATO!
JIM DAVIS 4-2

LO QUE ESTE LUGAR CARECE
DE AMBIENTE, LO COMPENSA
CON EL SERVICIO

SABES, GARFIELD, EN UN TIEMPO PENSÉ EN SER ACTOR
CUÉNTAME
©2005 PAWS, INC. All Rights Reserved.

POSIBLEMENTE RECITAR SHAKESPEARE EN ESCENA
NO ME DIGAS

O TAL VEZ SER GALÁN DE CINE
¿VERDAD?

PUDE TENER HORDAS DE ADMIRADORAS HISTÉRICAS
¡QUÉ BUENO!

HASTA MI PROPIA ESTRELLA EN LA ACERA EN HOLLYWOOD
ME GUSTA CÓMO SUENA ESTO

¡SÍ! ¡ESTA NOCHE, PIZZA Y VÍDEOS!
¡BRAVO! ¡BRAVO!
JIM DAVIS 4-3

"SI UN PERRO EXTRAÑO TE SIGUE ES BUENA SUERTE"
JIM DAVIS 4-5
©2005 PAWS, INC. All Rights Reserved.
"UN PERRO QUE AULLA ES SIGNO DE MALA SUERTE"

AAAUUUOOUU
JA, JA, JA...

"SI UN GATO ESTORNUDA, ES SIGNO DE LLUVIA"
JIM DAVIS 4-6

ACHUU

¡GENIAL!

AQUÍ HAY UN HECHO INTERESANTE, GARFIELD

CIERTOS PÁJAROS NO PUEDEN VOLAR

SI TE DESLIZAS EN SILENCIO, NINGUNO DE ELLOS PUEDE

HORA DE MERENDAR

VEAMOS... ¿SALSA DE MANZANA?... ¿SALCHICHA DE VIENA?... ¿MOZARELLA?

¿CARNE ENLATADA? ¿YOGUR? ¿PIZZA FRÍA? ¿ENCURTIDOS?

¿CARNE ASADA? ¿COSTILLA DE CERDO? ¿UVAS? ¿PATITAS DE CERDO? ¿ACEITUNAS? ¿ARENQUES AHUMADOS? ¿PAN DE CARNE? ¿PASTEL? ¿BURRITOS?
JIM DAVIS 4-10

OH, QUÉ DEMONIOS...

COMERÉ TODO LO QUE HAY
EH, GARFIELD...

¡DESPIERTA, GARFIELD! ¡SON LAS 4 DE LA MAÑANA
©2005 PAWS, INC. All Rights Reserved.

¡TENGO UNA GRAN IDEA!

¡MIREMOS EL AMANECER!
BIEN, TÚ PUEDES MIRARLO DESDE LA AMBULANCIA
JIM DAVIS 4-11

A MI VIDA LE FALTA ALGO

¡ESO ES!

¡COMIDA!
JIM DAVIS 4-13

SABES...

TÚ NO TOMAS SIESTAS

LA SIESTA TE TOMA A TI

JON PIENSA PROFUNDAMENTE

EL PASTEL ES BUENO

¡MÁS PROFUNDO DE LO QUE PENSÉ!
JIM DAVIS 4-16

TUVE UNA MAÑANA HORRIBLE...

Y TÚ DORMISTE TODA LA MAÑANA

ENTONCES, ¿QUÉ HEMOS APRENDIDO DE ESTO?
JIM DAVIS 4-18

¿SABES QUÉ?

NECESITÁBAMOS UN NUEVO TOSTADOR DE TODOS MODOS
ESTÁS BRILLANDO
JIM DAVIS 4-20

NO ME ASUSTAS
SE SUPONE QUE NO
JIM DAVIS 4-21

SE SUPONE QUE **TÚ ME** ASUSTAS

UYY
NOVATO

MAGDALENAS

TE HICE
SONREIR
JIM DAVIS 4·23

LA COMIDA DE GATO ES HORRIBLE DE MIRAR
GARFIELD

GARFIELD

NO QUE YO PASE MIRÁNDOLA MUCHO TIEMPO
JIM DAVIS 4·25

DEBES CONOCER TUS LÍMITES...
©2005 PAWS, INC. All Rights Reserved.

POR EJEMPLO, SÓLO PUEDO COMER CIERTA CANTIDAD...

LUEGO NOS QUEDA-MOS SIN COMIDA
JIM DAVIS 4-26

QUISIERA SER MÁS POPULAR

¿HAS PENSADO EN ALIMENTARME MÁS?
JIM DAVIS 4·27

¡BIEN, BIEN, AL FIN TE LEVANTASTE!
©2006 PAWS, INC. All Rights Reserved.

¿TE DAS CUENTA QUE DORMISTE 23 HORAS SEGUIDAS?

¡¡Y PUEDES AHORRARME TU PEQUEÑA DANZA DE LA VICTORIA!!
JIM DAVIS 5-2

©2005 PAWS, INC. All Rights Reserved.

PERROS

PUEDEN PARECER OCUPADOS AUNQUE NO ESTÉN HACIENDO NADA
JIM DAVIS 5-3

TÚ NUNCA ME MENTIRÍAS, ¿VERDAD?

¡¡¡JUA- JA- JA- JA- JA- JA- JA!!!
©2005 PAWS, INC. All Rights Reserved.

CLARO QUE NO
JIM DAVIS 5-4

LOS ATLETAS DEBEMOS VIVIR CON NUESTRAS LESIONES
JIM DAVIS 5-7

SE CORTÓ CON UN PAPEL AL JUGAR AJEDREZ POR CORREO

CLIC
©2005 PAWS, INC. All Rights Reserved.

AMO ESTE PROGRAMA

SIEMPRE TIENE UN FINAL FELIZ

DING
¿VEN?
JIM DAVIS 5-8

¡LA TORTA ESTÁ LISTA!

SABES, GARFIELD, A VECES SIENTO QUE SOY UN FRACASO
©2005 PAWS, INC. All Rights Reserved.

QUIZÁS DEBÍ TOMAR MEJORES DECISIONES EN MI VIDA

JON, DECIDISTE TENER MASCOTAS QUE TE AMAN...

ASÍ, NUNCA PUEDES SER UN FRACASO

PAT PAT

ESTO DE LA AUTOCOM-PASIÓN NO DEMORARÁ LA CENA, ¿VERDAD?
JIM DAVIS 5-15

TÚ SABES...

NO ES EL LARGO DE LA SIESTA LO QUE CUENTA...

ES CUÁNTAS TOMARTE CABER EN UNA TARDE
JIM DAVIS 5-16

GRACIAS POR EL CORTE CASERO
CREO QUE HICE UN TRABAJO BASTANTE BUENO
JIM DAVIS 5-17

GRRRRR
©2005 PAWS, INC. All Rights Reserved.

RRRRR

¡FIUU!
PUF
PUF

JPM DAVPS 5-22

¡YIP!
¡YIP!
¡YIP!
ES EL VIEJO CHISTE DE LA MANGUERA QUE COBRA VIDA

ERA LA SRA. FEENY
JIM DAVIS 5-25

AUNQUE ME FUE BASTANTE DIFÍCIL ENTENDER

CREO QUE DIJO QUE LE DEVUELVAS SU DENTA-DURA
TENDRÁ QUE LUCHAR CON MI TÍTERE POR ELLA

¡ALTO!

¡EL COCINERO PERDIÓ SU CELULAR!

ESO EXPLICA EL TIMBRE CAMPANILLEO EN MIS OÍDOS
JPM DAVIS 5-29

JIM DAVIS 5-30
TÚ SABES...

©2005 PAWS, INC. All Rights Reserved.
DARÍA CUALQUIER COSA POR SABER QUÉ HAY DENTRO DE TU CABEZA

250 KILOS DE LASAÑA BASTARÍAN
ESTÁS BABEANDO

VOY A SALIR
¿Y?

ME VOY A LA CIUDAD
¿QUÉ IMPORTA?

A COMPRAR TU COMIDA
¡YA TE ESTOY EXTRAÑANDO, AMIGO!
JIM DAVIS 5-31

A VECES ME PREGUNTO QUÉ ESTÁS PENSANDO, ODIE
©2005 PAWS, INC. All Rights Reserved.

OBVIAMENTE SOMOS DOS
JPM DAV?S 6-1

JPM DAVIS 6-3
DING DONG

¡YAAAHHH!

¡ÉSE ES OTRO CHICO DE PIZZAS A DOMICILIO QUE NO VOLVERÁ!
CLIN CLIN
SÍ VOLVERÁ. TENGO LAS LLAVES DE SU AUTO
PIZZA

SABEN...
©2005 PAWS, INC. All Rights Reserved.

DICE UN VIEJO ADAGIO...

QUE LAS MASCOTAS TAMBIÉN SON GENTE

¡EH, GARFIELD!

FÍJATE EN ESTO

¡SOY EL HOOOMBRE PAVO!
NUNCA ME SENTÍ TAN INSULTADO
JIM DAVIS 6-5

JPM DAVIS 6-7
ÉSTA ES UNA PRUEBA...

ÉSTA ES SÓLO UNA PRUEBA...

¿CUÁL ES LA CAPITAL DE RUMANIA?
¡ÉSTA ES UNA PRUEBA!

Y AHORA CON LA OVERTURA DE LA ÓPERA "CARMEN"...

LES PRESENTAMOS A GUADALUPE TOROMBETO...

¡Y SUS ASOMBROSOS CÍMBALOS DE RODILLA!
DEBO APRENDER A LEER

¿ME HAS EXTRAÑADO?
SÍ, TE EXTRAÑÉ, JON
JIM DAVIS 6-11
©2005 PAWS, INC. All Rights Reserved.

EN VERDAD...

PERO NO TERMINÉ DE EXTRAÑARTE. ¿QUISIERAS IRTE OTRA VEZ?

©2005 PAWS, INC. All Rights Reserved.

FLOP

ODIE NO PUEDE CONTAR HASTA TRES, POR ESO GIRA HASTA QUE SE DESMAYA...
Z
JIM DAVIS 6-12

¡BIENVENIDOS A MI PLANETA!

¡PUEDEN DARME LO QUE QUIERAN!

¿UN MASAJEA-DOR DE ENCÍAS?
ALGO PARA COMER
JIM DAVIS 6-20

GARFIELD

¿SÍ?
¡ZIP!

QUEDÓ PASMADO
JIM DAVIS 6·21

©2005 PAWS, INC. All Rights Reserved.

POP

¡EH! ¡ÉSE ES **MI CHICLE!**
JiM DAVis 6-22

JIM DAVIS 6-23

¡AAAAH!
TELARAÑA

Andrews McMeel Publishing, LLC
an Andrews McMeel Universal company
1130 Walnut Street, Kansas City, Missouri 64106

www.andrewsmcmeel.com

15 16 17 18 19 SDB 10 9 8 7 6 5 4 3 2 1

ISBN: 978-1-4494-6914-6

Número de Control en la Biblioteca del Congreso: 2014955573

Hecho por:
Shenzhen Donnelley Printing Company Ltd.
Dirección y lugar de producción:
No. 47, Wuhe Nan Road, Bantian Zona Industrial,
Shenzhen China 518129
1era Impresión—7/20/15

ATENCIÓN: ESCUELAS Y NEGOCIOS

Los libros de Andrews McMeel están disponibles con descuento por compra al por mayor para uso educacional, negocios o promociones de venta. Para más información, por favor envíen un correo electrónico al Departamento de Ventas Especiales de Andrews McMeel Publishing: specialsales@amuniversal.com.

Mira estos y otros libros en **ampkids.com**

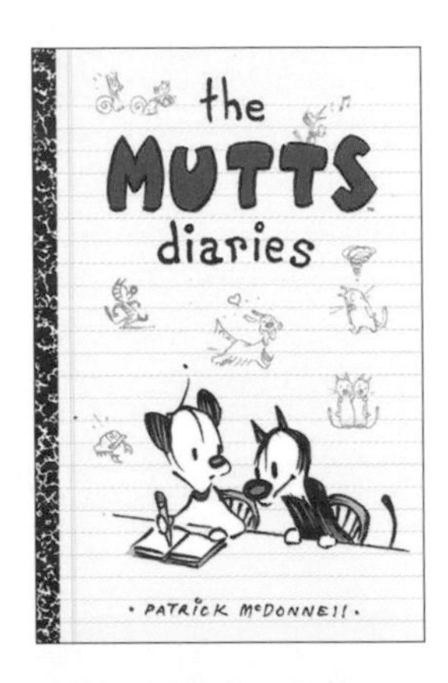

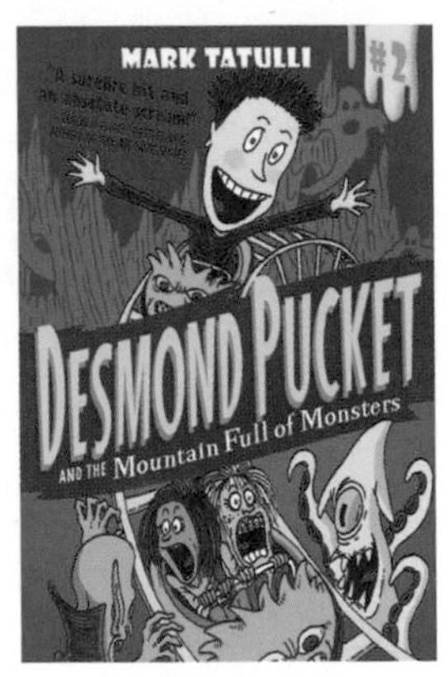

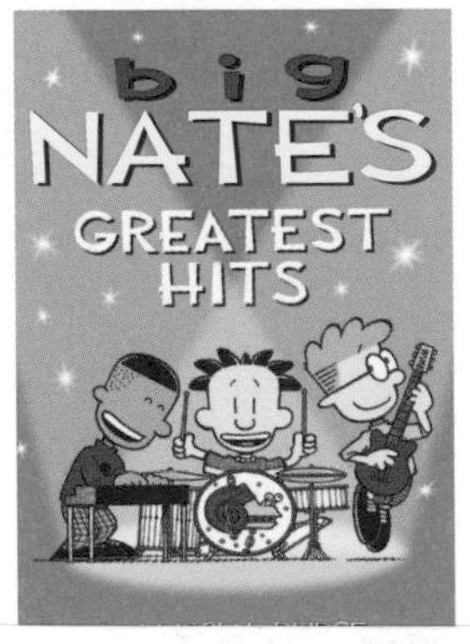

(En Español)

En Inglés solamente.
¡Libros de AMP! Cómicos Para Niños hacen leyendo DIVERTIDO!